PAUL REINKER
Band 1
Die Tiere der Lichtung am kleinen Bach
» Das große Fest «
Erstes Lesealter
ab 2. Klasse

Text & Illustration: Paul Reinker


ISBN: 978-3-347-83678-5
paulreinker.de

Erschienen in Potsdam, Brandenburg

Paul Reinker
c/o Block Services
Stuttgarter Str. 106
70736 Fellbach

Druck und Distribution im Auftrag des Autors:
tredition GmbH, Halenreie 40-44, 22359 Hamburg

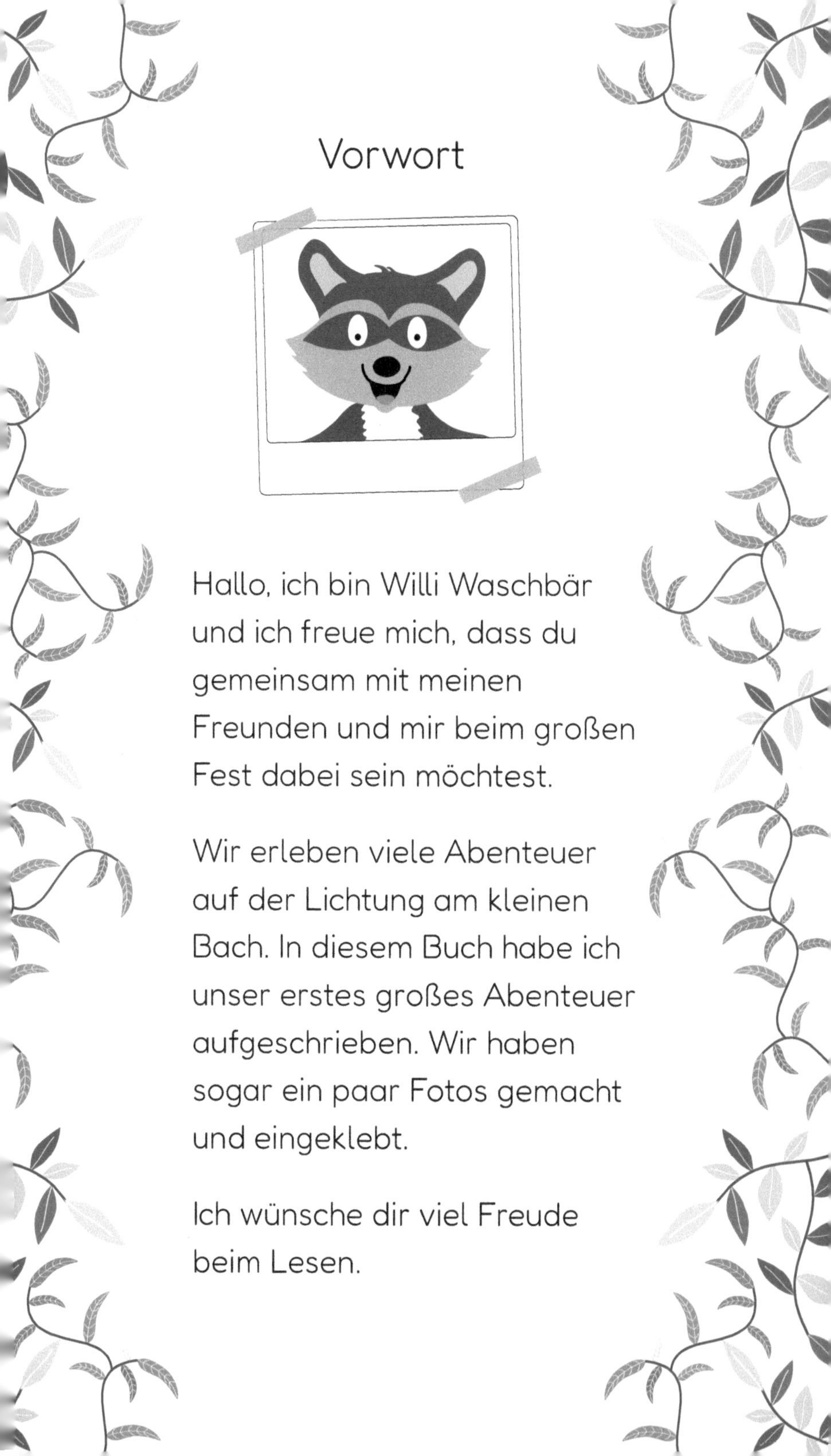

# Vorwort

Hallo, ich bin Willi Waschbär und ich freue mich, dass du gemeinsam mit meinen Freunden und mir beim großen Fest dabei sein möchtest.

Wir erleben viele Abenteuer auf der Lichtung am kleinen Bach. In diesem Buch habe ich unser erstes großes Abenteuer aufgeschrieben. Wir haben sogar ein paar Fotos gemacht und eingeklebt.

Ich wünsche dir viel Freude beim Lesen.

# Erstes Kapitel
# Nicht mehr allein

Am Rande des kleinen Bachs, inmitten der großen Lichtung, bewegte sich etwas im saftigen Gras. Dieses Etwas schwankte hin und her, dann fiel es um. Es kullerte zwischen den großen und kleinen Grashalmen hindurch, bis es schließlich an eine riesengroße Sonnenblume stieß und liegen blieb. Diese fing an zu wackeln und so blieb das Etwas unten am Fuße der großen gelben Blume nicht lange unbemerkt. Bonnie, eine schwarz-gelb gestreifte Biene, blickte von oben aus der Blüte durch die gelben Blütenblätter hindurch den Stengel hinab nach unten.

»Huch, was ist denn das?«, fragte sich Bonnie voller Neugier und flog, so schnell ihre kleinen Flügel sie tragen konnten, hinab. Unten angekommen, blickte sie auf ein weißes, rundes Etwas, das viel größer war als sie selbst. Sie flog um das Etwas herum, doch sie hatte keine Ahnung, was das war. Schließlich zuckte sie mit den Schultern, breitete ihre Flügel aus, bereit zu den leckeren Pollen der prächtigen Blume über ihr zurückfliegen.

»Ist da wer?«, hörte Bonnie plötzlich eine Stimme. Erschrocken drehte sie sich um und blickte umher. Doch da war niemand.

»Hallo! Da ist doch jemand«, ertönte es erneut. Da merkte Bonnie, dass die Worte aus dem weißen Etwas kamen.

»Oh ja, hier ist Bonnie, ich bin eine Biene. Und wer bist du? Und was bist du überhaupt?«

»Endlich, endlich treffe ich jemanden. Ich kullere hier schon seit Tagen umher, doch niemand ist da, um mir zu helfen. Ich bin übrigens Clara und ich stecke hier fest«, klang die Stimme aus dem weißen Etwas.

Sichtlich irritiert setzte sich Bonnie nun auf das weiße Etwas, um besser zuhören zu können.

Dann erklärte ihr Clara, sie sei ein Küken im Ei, nur sei die Schale viel zu hart. Egal wie kräftig Clara mit dem Schnabel auch gegen die Schale drückte und hämmerte, wie schwungvoll sie umherkullerte, nichts half. Die Schale zerbrach einfach nicht.

»Ich werde dir helfen«, versprach Bonnie voller Zuversicht. Doch schnell wurde ihr bewusst, wie klein sie war und wie groß Claras Ei. »Ich weiß nur nicht, wie ich dir helfen kann, ich bin doch so klein«, seufzte sie.

Clara hingegen freute sich darüber, nicht mehr allein zu sein.

Nun wusste sie, Bonnie würde ihr helfen oder Hilfe holen.

»Was ist los?«, tönte es aus dem Ei. Da erklärte ihr Bonnie traurig, dass sie nicht wusste, woher sie Hilfe holen könnte. Bis auf Bonnie lebte nämlich niemand sonst auf der Lichtung am kleinen Bach.

»Nun sind wir doch aber schon zu zweit«, freute sich Clara und wirkte sehr fröhlich. »Und ganz egal wie klein du auch sein magst, zusammen sind wir stärker als allein und ganz sicher auch stärker als meine Schale.« Von dieser Zuversicht ließ sich Bonnie anstecken. Sie richtete ihren Kopf wieder auf, stellte sich hin und rief: »Wir schaffen das.«

# Zweites Kapitel
# Hüpfen, Hüpfen, Hüpfen

Ein sanftes »Plopp« ertönte als ein zarter, leckerer Pollen der Sonnenblume direkt auf das weiße Ei, in dem Clara feststeckte, hinabfiel.

»Was war das?«, fragte Clara verwundert. Bonnie streckte ihre Fühler hervor und schaute zu Clara runter.

»Das war ein Pollen. Ich habe ihn heruntergeworfen. Irgendwie müssen wir es doch schaffen, deine Schale aufzubrechen.«

»Mit einem Pollen?«, wunderte sich Clara. So ganz genau wusste sie zwar nicht, was ein Pollen war. Doch so sanft wie dieser auf der

Schale gelandet war, musste er wohl sehr klein und sehr leicht sein. »Bist du dir wirklich sicher, wir schaffen das mit einem Pollen?«

Bonnie kratzte sich am Kopf, überlegte hin und her und flog wieder hinunter zu Clara. Wahrscheinlich hatte Clara recht. Pollen auf die Schale zu werfen, schien tatsächlich nicht viel zu bringen. Nicht einmal ein kleiner Kratzer war zu sehen.

»Wahrscheinlich nicht«, stellte Bonnie fest, »Doch wie sollen wir es denn sonst schaffen? Ich bin halt so klein.«

In diesem Moment hatte Bonnie

eine Idee. Sie stellte sich mitten auf das Ei, atmete tief durch und fing an, ganz wild darauf herumzuhüpfen.

»He, was soll das, das kitzelt«, beschwerte sich Clara und konnte nicht aufhören zu lachen. Da erklärte ihr Bonnie, was sie vorhatte. Ihre Idee war, so lange auf der Schale herumzuhüpfen, bis diese endlich nachgeben und brechen würde. Also hüpfte sie weiter und weiter. Doch unter ihr im Ei bekam Clara vor lauter Lachen kaum noch Luft. Aber egal wie sehr Bonnie auch hüpfte und Clara lachte, die Schale blieb unversehrt. Das Hüpfen war jedoch nicht vergebens, denn der Anblick einer hüpfenden Biene auf einem lachenden Ei, war so komisch, dass eine Blattlaus, die zufällig in der Nähe war, stehen blieb und dem Schauspiel zusah. Als Bonnie die Blattlaus erblickte, hörte sie sofort auf zu hüpfen und fragte neugierig:

»Wer bist du denn?«,

Sie hatte die Blattlaus nämlich noch nie zuvor gesehen.

»Ich bin Babsi. Ich bin gerade auf der Durchreise und bin zufällig hier vorbeigekommen. Kannst du mir sagen, was du da machst?«

Bonnie erzählte Babsi sodann die Geschichte von Clara. Davon, dass sie im Ei feststeckte und tagelang umhergekullert war, auf der Suche nach Hilfe, um endlich schlüpfen zu können. Da entschied sich Babsi, nicht weiterzureisen, sondern zu bleiben, um zu helfen. Sie spürte, dass Bonnie und Clara dringend Hilfe benötigten. Ihren kleinen Koffer stellte sie beiseite. Dann kletterte sie zu Bonnie auf das Ei und schon ging es los. Immer im Wechsel hüpften Bonnie und Babsi so kräftig sie nur konnten auf und ab. Clara konnte nicht aufhören, zu lachen, während Babsi und Bonnie im Chor riefen:

»Wir schaffen das!«

# Drittes Kapitel
# Ohne Hilfe geht es nicht

Es war wie verhext. Den ganzen Tag lang hüpften Bonnie und Babsi auf Claras Ei herum. Sie hüpften auch am darauffolgenden Tag, dem Tag danach und dem Tag danach. Doch es half nichts. Nicht ein einziger Kratzer, nicht einmal eine kleine Delle konnten die beiden der harten Schale zufügen. Schließlich ließen sie sich erschöpft auf dem Ei nieder.

»Puh, endlich. Ich kann nicht mehr. Lachen ist so anstrengend. Ich dachte schon, ihr hört niemals mehr auf«, freute sich Clara, die noch immer vom vielen Lachen außer Puste war, so sehr hatte das Hüpfen der beiden sie gekitzelt.

Als sie sich endlich beruhigt hatte, fiel ihr auf, dass sie sich gar nicht mehr so gut in dem Ei bewegen konnte.

»Oh je, ich glaube, ich bin gewachsen«, rief sie erschrocken. »Wir müssen es wirklich ganz dringend schaffen, die Schale aufzubrechen. Hier drin wird es viel zu eng. Meine Füße kratzen mir schon fast am Kopf.«

»Nur wie?«, stellte Bonnie die Frage, die auch Babsi durch den Kopf ging. Doch beide waren ratlos. So saßen Babsi und Bonnie weiterhin oben auf dem Ei und dachten angestrengt nach, während unter ihnen im Ei Clara weiter wuchs. Bald schon würde Clara kein Küken mehr sein, sondern ein richtiges Huhn. Die Zeit drängte also. Plötzlich schreckte Babsi hoch:

»Ich hab es! Lass uns Hilfe holen.«

Bonnie verdrehte die Augen und schüttelte den Kopf, wusste Babsi doch mittlerweile, dass Bonnie bisher ganz allein auf der Lichtung am kleinen Bach gelebt hatte. Sie lebte dort allein, bis zu jenem Tag, an dem Clara im Ei herbeigekullert kam und ihr Leben auf den Kopf gestellt hatte. Von diesem Tag an hatte Bonnie eine Freundin und schon wenige Tage später war Babsi zu ihnen gestoßen. Bonnie wusste gar nicht, wie sehr ihr Freunde gefehlt hatten.

»Siehst du? Du dachtest, du lebst hier allein und doch sind Clara und ich dazugekommen. Ganz sicher finden wir Hilfe, wir müssen nur suchen.«

Auf einen Versuch kommt es an. Und so machten sich Bonnie und Babsi wenig später auf den Weg hinaus in die Weiten der Lichtung auf der Suche nach Hilfe.

Bonnie richtete ihre Flügel auf und flog los. Sie flog ein Stück geradeaus und von da in einem großen Bogen nach rechts. Babsi lief ebenso los, ein Stück geradeaus in die entgegengesetzte Richtung, bog dann nach links ab und lief im großen Bogen weiter. Schon kurze Zeit später begegneten sie sich wieder.

»Und, hast du jemanden getroffen?«, wollte Babsi wissen, denn sie hatte niemanden entdeckt. Doch auch Bonnie hatte keinen Erfolg. Da fiel ihr Blick plötzlich auf einen langen grünen Fühler im dichten Gras. Auch Babsi hatte ihn im gleichen Moment entdeckt. Freudig gingen sie näher und zogen daran. Da erkannten sie, dass es der Fühler eines Grashüpfers war.

# Viertes Kapitel
# Der laute Knack

Zu dritt saßen sie nun im weichen Gras und betrachteten das große weiße Ei direkt vor ihnen. Bonnie und Babsi hatten dem Grashüpfer Gabriel bereits die ganze Geschichte erzählt. Von dem Moment an, als Clara in ihrem Ei angekullert gekommen war, bis zu dem heutigen Tag, an dem die beiden Gabriel getroffen hatten. Natürlich wollte Gabriel sofort helfen, denn es war für ihn selbstverständlich, da zu sein, wenn jemand in Not war. Und Clara war in großer Not. Sie wuchs weiter und in dem Ei wurde es immer enger.

Doch Gabriel freute sich nicht nur, helfen zu können. Er freute sich auch sehr darüber, endlich jemanden getroffen zu haben. Auf der Lichtung am kleinen Bach lebte er schon immer allein. Nie traf er jemanden, bis zu dem Moment als Babsi und Bonnie an seinem Fühler gezogen hatten.

Nun saßen die drei also vor dem Ei und überlegten angestrengt, was sie tun könnten, um Clara endlich daraus zu befreien.

»Das ist es!«, Gabriels Augen leuchteten, als er diese Worte sagte. »Lasst uns gemeinsam auf das Ei klettern und so lange darauf herumhüpfen, bis die Schale bricht.«

So überzeugt von seiner Idee, machte er sich sogleich auf und sprang mit einem Satz auf Claras Ei. Dann begann er zu hüpfen und Clara fing an zu lachen. Sie lachte so herzhaft, dass Gabriel sofort wieder aufhörte.

»Das haben wir doch schon längst versucht, das bringt nichts«, erklärte Bonnie ihm achselzuckend. Vielleicht hätten die beiden Gabriel von diesem Versuch erzählen sollen. Doch bei der ganzen Aufregung, ihn überhaupt getroffen zu haben, hatten sie das schlicht vergessen.

»Ach was, ich bin doch ein ganzes Stück größer als ihr und außerdem kann ich richtig gut hüpfen. Als Grashüpfer muss man nämlich gut hüpfen können!«

Babsi und Bonnie stimmten Gabriel nickend zu, waren aber dennoch skeptisch, ob sein Hüpfen tatsächlich etwas bringen würde. In diesem Moment sagte Clara: »Wenn du so viel größer bist und so kräftig hüpfen kannst, dann los! Ich muss hier irgendwie raus, auch wenn ich nicht aufhören kann zu lachen.«

Gabriel freute sich und ließ sich nicht noch einmal bitten. Mit einem

Satz landete er erneut auf dem Ei und sprang hoch und runter, hoch und wieder runter. Er hüpfte und hüpfte und Clara lachte und lachte. Clara lachte immer mehr und Gabriel hüpfte immer kräftiger. Eine ganze Weile ging das so. Bonnie und Babsi machten sich langsam Sorgen, dass Clara vor lauter Lachen keine Luft mehr bekam. Doch plötzlich, als Gabriel hoch oben in der Luft war, ertönte ein lauter Knack. Die Schale zerbrach in unzählige Teile und Clara kam zum Vorschein. Sie schaute neugierig und glücklich umher. In diesem Moment landete Gabriel direkt auf ihrem Kopf.

# Fünftes Kapitel
# Rascheln im Busch

Die ersten Tage in Claras Leben außerhalb der dicken Schale vergingen wie im Flug. Bonnie, Babsi und Gabriel zeigten ihr die schönsten Plätze auf der Lichtung am kleinen Bach. Dabei erzählten sie einander die aufregenden Geschichten, die jeder von ihnen bisher erlebt hatte. Schnell war ihnen jedoch klar, dass Clara aus dem Ei zu befreien, das Aufregendste gewesen war, das sie je erlebt hatten.

Eines Abends saßen die vier neuen Freunde auf einem flachen Stein direkt am Ufer des kleinen Bachs, als es plötzlich im Busch neben ihnen raschelte. Vor Schreck zuckten sie zusammen und hörten sogleich auf zu reden. Als der erste Schreck überstanden war, fragte Bonnie ganz aufgeregt: »Was war denn das?«

»Bestimmt nur der Wind. Hier ist doch sonst niemand«, meinte Gabriel voller Überzeugung und dachte nicht weiter darüber nach. Auch die anderen vergaßen das Geräusch ganz schnell wieder und setzten ihre Unterhaltung fort. Doch dann raschelte es erneut.

»Schon wieder? Was kann das nur sein?«, wunderte sich Clara.

»Nur der Wind. Ganz sicher nur der Wind«, versuchte Gabriel Clara zu beruhigen. Nur ließ sie sich davon nicht beruhigen, denn wie Babsi feststellte, wehte gar kein Wind.

»Oh nein, wenn es nicht der Wind ist, was ist es denn dann?«, fragte Bonnie ganz leise mit zitternder Stimme.

In diesem Moment raschelte es erneut und viel kräftiger als zuvor. Die vier Freunde waren etwas verängstigt. Aber sie waren auch neugierig. Als sie genauer hinsahen, da erblickten sie zwei kleine Augen, die sie durch die dichten Blätter des Buschs hindurch anschauten.

»Hallo!«, war es aus dem Busch zu hören. Vor Schreck rutschten die Freunde von dem Stein, auf dem sie saßen, und versteckten sich so gut es ging dahinter. Nur Clara nicht, sie war zu groß. Sie schaute weiter voller Neugier zu dem Busch mit dem dichten Geäst.

»Hallo?! Da ist doch wer. Ich bin hier drin und komme nicht mehr raus. Kannst du mir helfen?«, erklang die unbekannte Stimme erneut.

Diese Worte waren so freundlich gesprochen, da wich Claras Angst und sie ging näher an den Busch heran. Auch die anderen drei kletterten zurück auf den Stein und beobachteten alles ganz genau. Clara schob ein paar der Zweige des dichten Buschs beiseite. Da erblickten sie ihn. Er, das war ein kleiner Igel, der sich mit seinen piksigen Stacheln im dichten Geäst verfangen hatte. Er schaffte es nicht mehr allein vor und zurück.

»Wir werden dir helfen«, versprach Clara sofort und Bonnie, Babsi und Gabriel nickten zustimmend und riefen: »Wir schaffen das.«

## Sechstes Kapitel
## Die Idee

Vor dem dichten Busch direkt am Ufer des kleinen Bachs saßen nun Bonnie, Gabriel, Babsi und Clara. Angestrengt blickten sie den Busch an und grübelten. Aus dem dichten Geäst des Buschs blickte der kleine Igel mit Namen Emil die vier Freunde erwartungsvoll an. Da keiner etwas sagte, war es sehr ruhig auf der Lichtung. Nur das sanfte Rauschen des kleinen Bachs durchbrach die Stille. Da ergriff der kleine Igel das Wort: »Habt ihr schon eine Idee, wie ich hier wieder herauskommen kann? Ich hocke hier nämlich schon eine ganze lange Zeit und ich habe mächtig Hunger.«

»Nein, leider nicht. Aber gegen deinen Hunger, da habe ich etwas«, sprach Clara, drehte sich um und flitze blitzschnell los.

Nur wenig später kam sie mit einem saftigen Apfel unter ihrem linken Flügel zurück. Sie schob ihn durch das dichte Geäst hindurch direkt vor Emils kleine Nase. Danach setzte sie sich zurück zu Bonnie, Babsi und Gabriel ans Ufer und überlegte weiter. Eine rettende Idee, wie sie Emil befreien könnten, kam ihr genauso wenig, wie den anderen dreien. Aus dem Busch heraus hörte man derweil ein zufriedenes Schmatzen.

»Ich hab's«, rief plötzlich Babsi, sprang auf und hüpfte ganz aufgeregt auf und ab. Bonnie, Gabriel, Clara und selbst Emil, durch das dichte Geäst des Buschs, schauten sie fragend an. Doch das bemerkte Babsi gar nicht, viel zu sehr war sie damit beschäftigt, freudig und voller Stolz über ihre gute Idee, herumzuhüpfen.

»Sag schon! Was ist deine Idee?«, fragte Gabriel ungeduldig. Babsi hörte auf zu hüpfen und blickte ihre Freunde an: »Ist doch ganz einfach. Wir ziehen ganz kräftig von beiden Seiten an dem Busch, dann geht er auseinander und Emil kann herauskommen.«

Der Einfall gefiel den anderen sofort und so zögerten sie nicht lange und teilten sich in zwei Gruppen auf. Bonnie und Gabriel gingen auf die eine Seite des Buschs und Clara und Babsi auf die andere. Dann versuchten sie, das dichte Geäst mit aller Kraft auseinanderzuziehen. Doch so einfach, wie sich das zunächst angehört hatte, war es nicht. Der Busch hatte viel zu viele Äste, viel mehr, als die vier Freunde Arme hatten. So würde es ihnen niemals gelingen, für Emil einen Weg hinaus aus dem Busch zu bereiten.

»Wir brauchen ein Seil, mit dem wir die Äste zusammenbinden

können. Dann müsste es klappen, so schaffen wir das bestimmt«, schlug Bonnie vor, als sich die vier Tiere enttäuscht vor dem Busch niederließen und nachdenklich umherblickten. Das war eine gute Idee, fanden die anderen. Doch woher sollten sie ein Seil nehmen? Da fiel Clara ein, sie war auf ihrem Weg zum Apfelbaum an einem Strauch mit langen Halmen vorbeigekommen. Vielleicht würde das gehen. Gabriel und Clara machten sich sogleich auf den Weg dorthin. Sie pflückten einige besonders lange Halme ab, flochten daraus zwei kräftige Seile und kehrten zurück zu den anderen. Sie banden die Seile auf jeder Seite um die Äste und begannen an ihnen zu ziehen. Aber Bonnie und Gabriel waren zu schwach. Ihre Seite bewegte sich kein winziges bisschen.

»Wir brauchen Hilfe!«, stellte Bonnie schließlich erschöpft fest und ließ sich zu Boden sinken. Da blickte sie in die freundlichen Augen eines großen braunen Eichhörnchens.

»Ich bin Emilia und ich werde euch helfen«, versprach es.

# Siebentes Kapitel
# Eine Lichtung voller Tiere

Tatsächlich, Emilia hatte nicht zu viel versprochen. Stark wie sie war, packte sie das Seil und zog so kräftig sie nur konnte daran. Auf der anderen Seite hatte Clara das zweite Seil fest im Schnabel und zog ebenso voller Inbrunst. Gemeinsam schafften die beiden es schließlich, den Busch auseinanderzuziehen und Emil aus der misslichen Lage zu befreien.

»Danke, danke. Ihr seid großartig! Was hätte ich nur ohne euch gemacht? Ich dachte schon, ich müsste für immer hier bleiben«, freute sich Emil sichtlich erleichtert.

»Wieso denn? Wieso solltest du für immer im Busch bleiben?«, wollte Emilia sogleich wissen. Da erklärten ihr die Freunde, dass jeder von ihnen bisher immer gedacht hatte, ganz allein auf der Lichtung am kleinen Bach zu leben. Bis zu der Geschichte mit Claras Ei hatte nie jemand zuvor ein anderes Tier getroffen.

»Ja genau«, fügte Emil hinzu, »mir ging es bis vor Kurzem genauso. Daher hatte ich Sorge, für immer in dem Busch bleiben zu müssen. Aber immerhin hingen leckere Beeren daran.« Emil lachte, auch alle anderen begannen zu lachen und freuten sich, einander getroffen zu haben. Nur eine in der Runde lachte nicht, Emilia. Sie wunderte sich eher und schüttelte mit dem Kopf, während sie zu den anderen sprach: »Niemand hier auf der Lichtung? So ein Quatsch!«

»Wie meinst du das?«, wollte Bonnie wissen und auch Babsi, Emil, Gabriel und Clara schauten Emilia fragend an.

»Die Lichtung ist doch voller Tiere, niemand muss hier allein sein. Ihr habt sie nur noch nicht kennengelernt«, erklärte Emilia und erzählte ihren neugierigen Zuhörern sodann von Willi

Waschbär, Hannah Hase, Moritz Marienkäfer, den beiden Bären Finn und Felicitas sowie von Annabell Ameise.

»Wirklich? So viele Tiere leben hier?«, fragte Babsi ganz ungläubig.

Emilia nickte und fügte noch hinzu: »Oh ja, so viele und noch einige mehr.« Die Freude war allen anzusehen, die Freude darüber, dass ihre Lichtung am kleinen Bach gar nicht so einsam war, wie sie immer gedacht hatten.

»Ich habe eine Idee!«, platzte es aus Emil heraus, »Lasst uns ein großes Fest für alle Tiere der Lichtung feiern.«

»Welch großartiger Gedanke!«, applaudierte Clara und tanzte dabei im Kreis. Auch alle anderen stimmten zu und so saßen sie den restlichen Tag beisammen und überlegten und planten. Als schließlich die Dämmerung hereinbrach und es auf der Lichtung am kleinen Bach dunkel wurde, schliefen alle zufrieden ein.

# Achtes Kapitel
# Das große Durcheinander

Die ersten zarten Sonnenstrahlen des Morgens erhellten die Lichtung. Die tierischen Freunde, die bis spät in die Nacht zusammengesessen hatten, schliefen noch. Nur eine war schon längst aufgestanden, Clara. Sie hatte sich vorgenommen, alle anderen zu wecken, wie ein Hahn.

So stand sie nun auf einem alten Baumstamm und versuchte zu krähen. So richtig gut gelang es ihr aber nicht, vielmehr klang es wie ein krächzendes Gackern. Doch wach wurden all ihre Freunde trotzdem und nur kurze Zeit später saßen Bonnie, Gabriel, Babsi sowie Emilia und Emil wieder beisammen.

»Ich habe euch früh geweckt, denn wir haben heute noch viel vor«, erklärte Clara.

»Eben, solch ein großes Fest aller Tiere der Lichtung organisiert sich schließlich nicht von allein«, ergänzte Emilia. Schon brach eifriges Gewusel aus. Die einen schleppten Dinge von hier nach dort, die anderen von dort nach hier. Wieder andere sammelten leckere Beeren und süße Früchte, die sogleich von wieder anderen aus der Gruppe aufgegessen wurden. Es war ein heilloses Durcheinander auf der Lichtung. Von den Vorbereitungen auf ein großes Fest fehlte jede Spur. Babsi fiel es als Erste auf. So würden sie niemals ein Fest ausrichten können. Schließlich reichte es ihr. Sie konnte es nicht mehr mitansehen. Flink kletterte sie auf den höchsten Grashalm, den sie weit und breit erblicken konnte, holte einmal tief Luft und rief so laut sie nur konnte:

»Halt! Stopp! So geht das nicht!« Doch ihre Stimme war nicht kräftig genug. Bei dem ganzen Gewusel und dem Lärm hörte niemand sie. Babsi rief erneut und ruderte dabei ganz wild mit ihren kleinen Ärmchen. Doch es half nichts, ihre Freunde waren einfach zu beschäftigt und zu laut.

Sehr unzufrieden darüber, dass niemand ihr zuhörte, kletterte die kleine Blattlaus wieder von dem Grashalm herunter, direkt in die Arme von Gabriel.

»He, was machst du denn hier?«, fragte er Babsi. Sie erklärte ihm, wie durcheinander hier alles war und sie es so niemals schaffen würden, ein Fest zu organisieren. Als Gabriel das hörte, blickte er sich um, und es stimmte. Es war ein heilloses Durcheinander. Ohne lange zu zögern, nahm er Babsi auf seinen Rücken und hüpfte mit großen Sprüngen los.

»Ich hüpfe schnell rüber zu Emilia. Sie ist groß, vielleicht kann sie lauter rufen.«

Emilia war gerade damit beschäftigt, eine leckere Nuss zu knacken. Dabei hörte sie den beiden aufmerksam zu. Auch wenn es Emilia schwerfiel, denn die Nuss war viel zu lecker, legte sie diese beiseite und stellte sich auf den alten Baumstamm, auf dem am heutigen Morgen schon Clara gestanden und zu krähen versucht hatte. Dann holte Emilia einmal tief Luft und rief ebenfalls so laut sie nur konnte:

»Halt! Stopp! So geht das nicht!«

Dieses Mal war der Ruf laut genug. Alle Freunde hörten sofort auf mit dem, was sie gerade taten, drehten sich zu Emilia um und schauten sie mit großen Augen an.

# Neuntes Kapitel
# Warten und Tanzen

Emilia stand fast regungslos auf dem alten Baumstamm. Die neugierigen Blicke all ihrer Freunde hatten sie sprachlos gemacht. Doch nicht so richtig, vielmehr wusste Emilia schlicht nicht, was sie eigentlich genau sagen sollte. Mit kräftiger Stimme hatte sie »Halt Stopp! So geht das nicht!« gerufen, genauso, wie Gabriel es ihr gesagt hatte. Das Eichhörnchen blicke umher, auf der Suche nach Gabriel und Babsi, doch leider vergebens, die beiden schienen wie vom Erdboden verschluckt.

»Und? Was meinst du damit, so geht das nicht?«, fragte schließlich

Bonnie ganz ungeduldig. Auch die anderen Freunde begannen zu fragen. Ein Stimmengewirr brach aus und keiner verstand mehr die Worte des anderen. Etwas ratlos betrachtete Emilia das Durcheinander vor ihren Füßen. Da sie Gabriel und Babsi noch immer nicht ausfindig machen konnte, fiel ihr nichts anderes ein als zu tanzen.

Emilia ging erst einen Schritt nach rechts, dann einen Schritt nach links. Dann drehte sie sich im Kreis, hob die Arme in die Luft und wackelte mit dem Po, so dass ihr buschiger Schwanz hin und her wippte. Anschließend wiederholte sie die Bewegungen. Dabei begann sie auch noch lautstark zu singen. Alle schauten sie zunächst verwundert an.

Es dauerte nicht lange, da begann auch Emil zu singen und sich genauso zu bewegen, wie Emilia es vormachte. Schließlich tanzten und sangen alle Freunde der Lichtung gemeinsam und hatten dabei einen Riesenspaß.

»Ach du meine Güte, was ist denn hier los?«, rief plötzlich Babsi und schaute dabei Gabriel verwundert an. Die beiden kamen gerade zurück zu dem alten Baumstamm. Sie hatten gar nicht mitbekommen, was in der Zwischenzeit passiert war.

»Keine Ahnung«, antwortete Gabriel schnell, bevor auch er sich nicht mehr halten konnte und einen Schritt nach rechts, dann einen Schritt nach links machte und wenig später gleichzeitig mit allen mit seinem Po wackelte.

Babsi kletterte indes den alten Baumstamm hinauf, stellte sich auf Emilias Fuß und zupfte ihr vorsichtig an dem Fell. Das Eichhörnchen bemerkte die Blattlaus zunächst gar nicht, da zupfte Babsi etwas kräftiger.

Emilia hörte auf zu tanzen und beugte sich zu Babsi hinunter.

»Wo wart ihr? Ich wusste gar nicht, was ich sagen sollte. Deshalb habe ich angefangen zu tanzen und zu singen«, freute sich Emilia.

»Das ist toll, danke. Wir mussten noch schnell etwas besorgen und leider hat es etwas länger gedauert. Aber jetzt sind wir da und es kann losgehen.«

Emilia richtete sich wieder auf, wandte sich den tanzenden Freunden zu und rief mit kräftiger Stimme erneut: »Halt Stopp! So geht das nicht!«

Abrupt hörten alle auf zu tanzen und schauten Emilia erneut mit großen Augen erwartungsvoll an. Doch Emilia zeigte nur auf Babsi und bat alle Freunde näher zu kommen.

Als alle sich nah genug versammelt hatten, setzte sich Babsi auf den Rand des alten Baumstamms und holte ein großes Blatt Papier und einen klitzekleinen Stift hervor.

# Zehntes Kapitel
# Der Plan

Die Tiere der Lichtung am kleinen Bach schauten noch immer gespannt auf Babsi, wie sie versuchte, das große Blatt Papier an dem alten Baumstamm aufzuhängen. Doch das Blatt war zu groß für die kleine Blattlaus und so verlor Babsi das Gleichgewicht.

Sie fiel vom Rand des Baumstamms hinunter auf den Boden, das große Blatt Papier weiterhin fest in ihren kleinen Händen. Dabei rollte sich das Papier zusammen und von Babsi war plötzlich nichts mehr zu sehen.

Erschrocken hielten die Freunde ringsherum, die dieses Schauspiel mitangesehen hatten, die Luft an. Nach einer gefühlten Ewigkeit schaute erst ein kleiner Arm aus der Papierrolle hervor, dann der zweite und schließlich die ganze Blattlaus.

»Nichts passiert«, grinste Babsi und wischte sich ein paar Erdkrümmel vom Körper. Dann kletterte sie flink auf den Baumstamm zurück. Doch das Blatt Papier ließ sie vorsichtshalber am Boden liegen, wollte sie doch nicht noch einmal damit eingerollt werden.

Als Babsi schließlich oben auf dem Baumstamm Platz genommen hatte, begann sie zu erklären.

»Wenn wir alle gemeinsam ein großes Fest feiern wollen, dann brauchen wir doch einen Plan. Ohne geht es nicht.«

»Du hast Recht!«, unterbrach sie Clara. »Jetzt weiß ich auch, wofür du das Blatt Papier mitgebracht hast.« Clara hob das Blatt vom Boden auf, rollte es auseinander und befestigte es geschickt an der Rinde des alten Baumstamms. »So, bitte schön. Jetzt können wir unseren Plan aufschreiben«, sagte sie, bevor sie sich wieder setzte.

Anschließend riefen die Freunde der kleinen Blattlaus ganz aufgeregt all ihre Ideen und Gedanken durcheinander zu.

»Halt! Stopp! So geht das nicht!«, rief Babsi. Bei diesem Durcheinander konnte sie gar nicht allen zuhören und sich schon gar nicht die vielen guten Ideen merken. Also ging es nun reihum und Babsi schrieb ganz fleißig mit ihrem klitzekleinen Stift alles auf das große Blatt Papier.

Als schließlich langsam die Sonne unterging, war das große Blatt fast komplett beschrieben und die Freunde hatten nun einen Plan.

Am Tag darauf begannen die Vorbereitungen. Jeder wusste nun genau, was zu tun war.

Emil ging los, Leckereien zu sammeln, denn die konnte er gut auf seinen Stacheln transportieren.

Babsi schrieb die Einladungskarten, hatte sie doch schon so schön den Plan geschrieben.

Bonnie flog los und verteilte die Einladungen auf der ganzen Lichtung am kleinen Bach.

Clara pickte das Gras rund um den alten Baumstamm sauber.

Von den Bäumen ringsherum sammelte Emilia die buntesten Blüten und Blätter zur Dekoration.

Und Gabriel übte mit seinen Hinterbeinen die schönsten Lieder zu zirpen.

Für die große Feier war nun alles bereit, es fehlten nur noch die Gäste. So saßen die Freunde nun beisammen und warteten.

# Elftes Kapitel
# Warten

Die Zeit verstrich und noch immer warteten die Freunde auf ihre Gäste.

»Du hast doch gesagt, hier auf der Lichtung am kleinen Bach leben viele Tiere«, beschwerte sich Clara bei Emilia.

»Das tun sie auch. Warte noch ein bisschen, bestimmt kommen sie gleich.«

Stirnrunzelnd beließ es Clara dabei und übte sich weiter in Geduld. Auch Gabriel, Babsi und Emil saßen geduldig am alten Baumstamm und blickten gelangweilt umher. Nur Bonnie war zu nervös, sie konnte nicht stillsitzen und flog unablässig hin und her. Plötzlich rief sie ganz laut:

»Da vorn im Gras hat sich etwas bewegt.« Ganz aufgeregt wedelte sie mit ihrer Hand in der Luft und rief:

»Ich glaube, da kommt wer!«

Und tatsächlich, nur wenig später tastete sich vorsichtig eine kleine schwarze Ameise hinter dem alten Baumstamm hervor. Es war Annabell Ameise in Begleitung von Moritz Marienkäfer.

»Unsere ersten Gäste, ich habe es doch gesagt«, freute sich Emilia und hieß die beiden herzlich willkommen.

»Dann kann unsere Feier endlich losgehen«, beschloss Babsi und gab Gabriel einen Stups an die Seite. Der fing sogleich an, seine eingeübten Lieder zu zirpen.

»Wartet noch ein bisschen, die anderen kommen noch. Wir waren nur etwas schneller«, unterbrach Moritz Gabriels musikalische Darbietung. Überrascht und neugierig schaute Babsi Moritz mit großen Augen an: »Es kommen noch mehr?«

Und ehe Babsi und die anderen Freunde sich versahen, kam ein Tier nach dem anderen auf die Lichtung und alle hatten etwas für die Feier mitgebracht. Es kam Eisbär Finn zusammen mit Braunbärin Felicitas und einer riesigen Schale Schokoeis. Fast gleichzeitig galoppierte das Rennpferd Flecki mit einem Sack Äpfel im Maul an. Dahinter folgte Leonas Löwe, den alle nur Leo nannten. Leo brachte einen Korb Löwenzahn mit, über den sich besonders Flecki freute.

Schließlich kam noch die Waldmaus Waldemar mit einem leckeren Stück Käse.

Doch kurz bevor Waldemar den alten Baumstamm erreichte, stolperte er. Er fiel über eine riesengroße Möhre, die Hannah Hase mit aller Kraft vor sich herzuschieben versuchte.

Waldemar konnte sich gerade noch halten, nur der Käse rutsche ihm aus der Hand und flog im hohen Bogen durch die Luft. Die Tiere schauten dem fliegenden Käse gespannt hinterher. Der Käse flog immer weiter und traf Albert Adler, der gerade dabei war auf dem alten Baumstamm zu landen. Alle hielten den Atem an.

Getroffen von dem Käse, verlor Albert das Gleichgewicht, kam ins Trudeln und landete schließlich kopfüber im Beutel von Karolina

Känguru, die ebenfalls zur Feier gesprungen kam.

»Oh je, oh je, das tut mir leid«, entschuldige sich Hannah sofort und räumte so schnell sie konnte, die riesengroße Möhre beiseite.

Als ein wenig später Albert etwas verdutzt aus Karolinas Beutel hervorkroch und es ihm sichtlich gut ging, wich die Anspannung bei den Zuschauern und heiteres Gelächter brach aus.

Die Feier konnte nun endlich beginnen.

# Zwölftes Kapitel
# Es wird gefeiert

Auf der Lichtung am kleinen Bach wurde nun fröhlich gefeiert. Dabei kletterte Emilia auf den alten Baumstamm und begann ihren Tanz aufzuführen.

Es dauerte nicht lange und alle Tiere machten es ihr nach: einen Schritt nach rechts, einen Schritt nach links. Dann drehten sich alle im Kreis, hoben die Arme in die Luft und wackelten mit dem Po und schon ging es wieder von vorne los.

Die Tiere tanzten ganz ausgelassen, als plötzlich eine große Gestalt hinter dem alten Baumstamm auftauchte. Es war

Wilhelm Waschbär, den alle nur Willi nannten.

»Lasst euch von mir nicht stören«, sagte Willi schnell und setzte sich etwas abseits.

Doch Finn und Felicitas waren von Willi abgelenkt. Finn ging nach rechts, während Felicitas nach links ging. Es kam, wie es kommen musste, die beiden stießen aneinander und purzelten um.

Finn fiel auf seinen Po und weil das nicht schon genug war, landete er direkt auf den piksigen Stacheln von Emil. Als sich die Stacheln in Finns Po bohrten, schrie er laut auf und sprang sofort wieder hoch.

Dabei übersah er Moritz, der ihm versehentlich direkt ins Auge flog. Hastig wedelte Finn mit seinen Armen, achtete dabei jedoch nicht auf den Untergrund, stolperte über den alten Baumstamm und landete mit seiner Nase im weichen Gras, direkt vor Willis Füßen.

»Ach du Schreck! Geht es dir gut?«, wollte Willi sofort wissen.

»Halb so schlimm. Das ist ja heute nicht das erste Mal«, erklärte Finn und richtete sich wieder auf. Auch Moritz flog wieder fröhlich umher.

»Was meinst du damit?«, fragte Willi nach.

»Womit? Das es nicht das erste Mal heute war?«

Willi nickte.

»Das kann ich erklären«, hörte Willi eine freundliche Stimme sagen, die ihm bekannt vorkam.

»Hannah, bist du das?«

Es war Hannah, die sich in diesem Moment an Finn vorbeischob und nun vor Willi stand. Sie erzählte ihm von der großen Möhre über die Waldemar gestolpert war. Willi musste herzlich lachen und auch alle anderen Tiere lachten ausgelassen mit.

»Na dann, lasst uns weiterfeiern«, schlug Willi vor und schaute Emilia mit großen Augen an. Emilia verstand sofort, was Willi sich wünschte. Sie kletterte auf den alten Baumstamm und begann erneut mit ihrem Tanz.

Alle Tiere machten es ihr nach, auch Willi. Doch zuvor legte er noch ein großes, schweres Buch beiseite, welches er mitgebracht hatte.

# Dreizehntes Kapitel
# Willis Buch

Die Tiere der Lichtung am kleinen Bach tanzten und feierten den ganzen Tag.

Als langsam die Sonne am Horizont herabsank und den Himmel in ein leuchtendes Rot tauchte, fiel Annabells Blick auf Willis dickes, schweres Buch, das noch immer neben dem alten Baumstamm lag.

»Was ist das für ein Buch?«, wollte sie gern wissen, neugierig wie sie war.

»Oh, mein Buch. Daran habe ich ja gar nicht mehr gedacht.« Willi nahm es in die Pfoten.

»Das ist mein Geschichtenbuch. Daraus wollte ich euch heute vorlesen, doch jetzt ist es schon Abend«, stellte er etwas betrübt fest. Clara, die in der Nähe stand und Willis Worte gehört hatte, legte ihren Flügel sanft auf seine Schulter. Dann hatte sie eine Idee:

»Lies uns doch eben eine Gute-Nacht-Geschichte vor.«

Der Gedanke gefiel Willi und auch Annabell war sofort begeistert. Schnell rief sie die anderen Tiere zusammen und nur wenig später saßen Willi auf dem alten Baumstamm, mit seinem Buch in der Hand, und alle Tiere ringsherum. Vor ihm hatten es sich auf der einen Seite Annabell gemeinsam mit Moritz, Bonnie und Gabriel gemütlich gemacht. Auf der anderen Seite kuschelten sich Clara, Finn, Felicitas, Emil, Flecki, Albert und Emilia aneinander. Und in der Mitte direkt vor dem alten Baumstamm saß Waldemar ganz nah bei Hannah.

»Was sind das denn für Geschichten?«, fragte Babsi, die auch noch dazukam und sich im weichen Gras vor Waldemars Füßen niederließ.

»Immer, wenn ich hier auf unserer Lichtung am kleinen Bach

unterwegs bin, halte ich Ausschau nach Abenteuern. Dann schreibe ich daraus eine schöne Geschichte in mein dickes, schweres Buch«, erklärte Willi.

»Willi hat sogar schon einmal etwas über mich geschrieben. Darüber, woher ich meine große Möhre habe, über die Waldemar heute gestolpert ist«, freute sich Hannah. Doch das ist eine andere Geschichte. Heute las Willi die Geschichte vom großen Fest der Tiere auf der Lichtung am kleinen Bach vor.

In blumigen Worten erzählte Willi genau das, was sie zusammen an diesem wundervollen Tag gemeinsam erlebt hatten.

Alle saßen gemütlich beisammen, lauschten Willis Worten und schliefen bald glücklich und zufrieden ein.

Als Willi die letzten Worte der Geschichte sprach, klappte er das Buch bedächtig zusammen und blickte auf. Erst in diesem Augenblick bemerkte er, dass all seine Freunde rings um den Baumstamm auf der Wiese schliefen.

Willi lächelte zufrieden, öffnete das Buch wieder, nahm einen Stift und begann zu schreiben. Er schrieb auf, was er zuvor erzählt hatte, denn die Geschichte, die er vorgelesen hatte, stand noch gar nicht in seinem Buch. Er hatte sie sich eben erst ausgedacht.

Als er fertig war, legte er das schwere Buch beiseite, kuschelte sich neben Hannah und schlief mit einem Lächeln auf den Lippen ein.

# Vierzehntes Kapitel
# Auf Wiedersehen

Am frühen Morgen kitzelten die ersten warmen Sonnenstrahlen die schlafenden Tiere. Nacheinander wurden sie wach, streckten und reckten sich und standen allmählich auf. Langsam kam wieder Leben auf die Lichtung am kleinen Bach rund um den alten Baumstamm.

»Huch, schon so spät«, stellte Babsi Blattlaus plötzlich fest. Als Babsi vor einigen Tagen mit ihrem kleinen Koffer bei Bonnie und Clara, die damals noch im Ei feststeckte, angekommen war, befand sie sich auf der Durchreise. Nun war für sie die Zeit gekommen weiterzuziehen. Sie nahm ihren vollbeladenen Koffer und verabschiedete sie sich schweren Herzens von ihren neuen Freunden.

»Am Ende meiner Reise komme ich zurück«, versprach sie. Noch eine ganze Weile winkten Bonnie und Clara ihr hinterher, bis sie im tiefen Gras verschwunden war. Auch Finn und Felicitas machten sich sodann auf den Weg, wie auch Flecki, Waldemar, Leo, Albert und Hannah. Währenddessen flog Bonnie zu Gabriel, der bereits gemeinsam mit Moritz und Annabell auf sie gewartet hatte.

»Komm, wir gehen«, schlug Moritz vor. Die vier waren am letzten Tag dicke Freunde geworden und hatten beschlossen, loszuziehen und gemeinsam ein neues Zuhause zu finden. Sie träumten von einer gemütlichen Hütte auf der Lichtung am kleinen Bach, die sie »Grashütte« nennen wollten.

»Auf Wiedersehen. Es war schön, euch kennengelernt zu haben«, riefen die vier Freunde Emil, Emilia, Clara und Willi zu, die zusammen neben dem alten Baumstamm standen.

»Macht's gut und lasst mal von euch und euren Abenteuern hören«, sagte Willi noch schnell zum Abschied. Doch da waren die vier Freunde bereits unterwegs.

Dann war es wieder still auf der Lichtung am kleinen Bach.

»Und, was ist mit euch?«, wollte Willi wissen.

Da erzählte Clara ihm die Geschichte von ihrem Ei, wie es auf die Lichtung gekullert war und sie gemeinsam mit den anderen versucht hatte, sich aus dem Ei zu befreien.

»Ich werde mich auf die Suche machen, auf die Suche nach dem Ort, wo meine Reise begann«, ergänzte Clara noch. Sie umarmte Emilia und Willi zum Abschied herzlich. Emil stupste sie nur kurz an der Nase, denn für eine Umarmung waren ihr die Stacheln zu piksig. Anschließend verschwand auch sie im dichten Gras.

»Und wir zwei, wir suchen uns nun etwas Leckeres zu essen«, schlug Emilia vor. Emil nickte zustimmend. Die beiden winkten Willi zum Abschied und verschwanden alsbald am Horizont.

»Nun sind alle weg«, stellte Willi fest und setzte sich auf den alten Baumstamm. Sein dickes, schweres Buch legte er vorsichtig auf seinen Schoß und blickte gedankenversunken ins Leere.

# Fünfzehntes Kapitel
# Auf zu neuen Abenteuern

Einige Zeit saß Willi auf dem alten Baumstamm und blickte über die Lichtung am kleinen Bach. Er genoss die Stille. Nur das sanfte Wiegen der Grashalme und das Rauschen der Blätter im Wind war zu hören. Ihm fehlten seine Freunde. Ihm fehlten die Abenteuer, über die er Geschichten in sein großes, schweres Buch schreiben konnte.

Er fragte sich, wo seine Freunde jetzt wohl steckten? Welche Abenteuer sie erlebten? Er dachte an die vier Freunde und ihren Traum von einer Hütte im Gras. Er dachte an Clara und ob sie wohl den Beginn ihrer Reise im Ei gefunden hatte. Auch an all die anderen Tiere musste er denken. Dann schüttelte er sich einmal kräftig und sprach zu sich selbst: »Genug geträumt. Irgendwo da draußen lauert bestimmt auch für mich das nächste Abenteuer.«

Willi stand voller Tatendrang auf, atmete einmal kräftig durch und schnappte sich sein Buch. Als er sich umdrehte, fiel sein Blick auf den Boden. Dort war irgendetwas zu sehen, was Willis Neugier erregte. Er legte sein Buch sorgfältig zurück auf den alten Baumstamm. Dann ging er langsam näher. Tatsächlich, auf der kargen Wiese vor ihm war ein riesengroßer Fußabdruck. Von wem mochte der wohl sein, fragte sich Willi und schaute suchend umher. Dabei sah er, dass es nicht nur ein Fußabdruck war. Es war eine Spur, die von dem kleinen Bach kam, über die karge Wiese führte und wieder im kleinen Bach verschwand.

Ratlos stand Willi davor und kratzte sich fragend am Kopf. Er überlegte, von wem die Spur wohl sein könnte. Er hatte keinen blassen Schimmer.

Von weit oben am Himmel hatte auch Anna Amsel die Spur entdeckt und beobachtete gerade, wie Willi ratlos davorstand. Anna setzte zum Landen an und stand ein wenig später direkt neben Willi.

»Hallo Willi. Was mag das nur sein?«

»Oh, Anna. Wie schön dich zu sehen«, freute sich Willi. »Das ist ganz sicher eine Spur. Doch von wem sie ist, das weiß ich nicht. Die Fußabdrücke sind riesig und ich kenne kein so großes Tier.«

»Das klingt doch nach einem neuen Abenteuer«, stellte Anna freudig fest. Willi nickte, ging zum alten Baumstamm zurück, nahm sein großes, schweres Buch und öffnete es.

Er blätterte bis zur nächsten leeren Seite, nahm seinen Stift und schrieb: »Geheimnisvolle Fußspuren«. Anschließend klappte er das Buch wieder zu, blickte Anna an und lächelte zufrieden.

ENDE

paulreinker.de

- Steckbriefe der Tiere -

- Ausmalbilder zum Download -

- und vieles mehr -